VENTE

Du Vendredi 6 Février 1914

HOTEL DROUOT, SALLE N° 11

A 2 HEURES

EXPOSITION PUBLIQUE

Le Jeudi 5 Février 1914

De 2 heures a 6 heures

DENTELLES & GUIPURES

ANCIENNES

Armes de Cour et de Combat

DES XVIᵉ, XVIIᵉ ET XVIIIᵉ SIÈCLES

MEUBLES, TENTURES, TAPIS

TAPISSERIES

OBJETS DE VITRINE

COMMISSAIRE-PRISEUR

Mᵉ Robert BIGNON

41, rue de la Victoire

EXPERT

M. Jules BATAILLE

57, rue des Mathurins

CATALOGUE

DES

Dentelles et Guipures

ANCIENNES

Alençon, Angleterre, Burano, Binche, Chantilly, Duchesse
Valenciennes, Venise à reliefs

STORES — DESSUS DE LITS — NAPPES — NAPPERONS

EN ANCIEN FILET ET CARRÉS DE VENISE

BEAUX MOUCHOIRS ET FICHUS BRODÉS

GARNIS DE VALENCIENNES

APPARTENANT A MADAME G. DE M.

ARMES ANCIENNES

Arbalètes à rouet, Couteaux de chasse
Épées de Cour et de Combat, Poignards, Pistolets
DES XVIe, XVIIe ET XVIIIe SIÈCLES

APPARTENANT A MADAME P. O.

OBJETS DE VITRINE — MINIATURES — BRONZES

TABLEAUX

MEUBLES, CONSOLES, COMMODE, SIÈGES ANCIENS

Quatre grands Fauteuils en bois doré, recouverts de Tapisserie
ÉPOQUE LOUIS XV

ÉTOFFES BRODÉES, TAPIS DE LA SAVONNERIE & D'AUBUSSON

TAPISSERIES

APPARTENANT A DIVERS

DONT LA VENTE AURA LIEU

HOTEL DROUOT, SALLE N° 11

LE VENDREDI 6 FÉVRIER 1914

à deux heures

Me ROBERT BIGNON	**M. JULES BATAILLE**
COMMISSAIRE-PRISEUR	EXPERT
41, rue de la Victoire	57, rue des Mathurins

EXPOSITION PUBLIQUE

Le Jeudi 5 Février 1914, de deux heures à six heures

CONDITIONS DE LA VENTE

Elle sera faite au comptant.

Les adjudicataires paieront *dix pour cent* en sus des enchères.

Paris. — Imp de l'Art. Ch. Berger, 41, rue de la Victoire.

DÉSIGNATION

BRONZES, MINIATURES
TERRES CUITES

1 — Garniture de commode en bronze doré, comprenant : trois entrées, six poignées avec appliques, quinze guirlandes.

2 — Garniture de commode en bronze ciselé et doré, comprenant : trois entrées et six poignées avec appliques. Style Louis XIV.

3 — Plaquette en bronze, représentant un personnage à cheval devant un palais. Italie, commencement du XIXᵉ siècle.

4 — Trois médailles commémoratives en bronze : Société des Beaux-Arts de Lyon, 1834. — Église Saint-Bernard, 1859. — A la Garde Nationale, 13 juin 1849.

5 — Médaillon en bronze patiné : Amours dans une coquille formant char trainé par deux dauphins. Encadré.

6 — Deux brocs couverts en étain ; manches en bois noir. XVIIIe siècle.

7 — Christ en bronze doré, sur croix en bois noir. Fin du XVIe siècle.

8 — Terre cuite formant bas-relief encadré, représentant la Vierge assise, tenant l'Enfant Jésus.

9 — Statuette en terre cuite de Flore, drapée à l'antique, la main gauche soutenant des fleurs ; à côté d'elle, une corbeille de fruits. Époque Louis XIV. — Haut., 15 cent.

10 — Éventail en soie pailletée, guirlandes de fleurs à la gouache. Époque Louis XVI.

11 — Petite miniature, de forme ovale : Portrait de jeune fille en robe verte, chapeau blanc. Époque Louis XVI. Cadre cercle ancien en cuivre doré.

12 — Miniature, de forme ovale : Portrait de jeune homme. Époque Louis XVI. Cadre en cuivre doré.

13 — Miniature : de forme ronde : Portrait de fillette, la chevelure bouclée, sur fond de nuages. Vers 1840. Cadre cercle ancien en cuivre doré.

14 — Miniature, de forme ovale : Portrait d'homme, sur fond de tenture et partie de ciel. École anglaise de la fin du XVIIIe siècle. Cadre ancien cerclé de cuivre doré.

ÉCOLE FLAMANDE (Fin du XVIIᵉ siècle)

15 — *La Sainte Famille.*

Peinture sur cuivre.

Haut., 32 cent.; larg., 40 cent.

ÉCOLE ITALIENNE (XVIIIᵉ siècle)

16 — *Sainte Femme.*

Petite peinture sur cuivre, de forme ovale.

ÉCOLE FRANÇAISE

17 — *Le Moulin.*

Aquarelle encadrée.

18 — Pendule en bronze doré, surmontée d'un cavalier. Cadran en argent.

DENTELLES

FILETS ET GUIPURES

19 — Garnitures de bonnet. Trois coupes.— Long., 3 mètres.

20 — **Point de Lille**. Deux coupes.—Haut., 5 cent. 1/2; long., 1 m. 40 cent.

21 — **Burano**. Coupe. — Haut., 6 cent.; long., 90 cent.

22 — Dossier de fauteuil, filet et Milan.

23 — **Binche**. Une coupe. — Haut., 3 cent. 1/2; long., 2 m. 50 cent.

24 — **Binche**. Deux coupes. — Haut., 8 cent.; long., 2 mètres.
Un morceau. — Long., 30 cent.

25 — **Malines**. Trois coupes. — Haut., 8 cent.; long., 3 m. 80 cent.

26 — **Angleterre**. Revers de col.

27 — **Angleterre**. Barbe et fond de bonnet.

28 — **Angleterre**. Barbe de bonnet. — Haut., 8 cent.; long., 90 cent.

29 — **Angleterre**. Barbes et fond de bonnet. — Haut., 8 cent.

30 — Bande de guipure ancienne, dessin de fleurs et volutes. — Haut., 10 cent.; long., 2 m. 90 cent.

31 — **Valenciennes**. Cravate formée d'une bande rapprochée. — Haut., 6 cent.; long., 1 m. 60 cent.

32 — **Alençon**. Coupe. — Haut., 4 cent.; long., 3 m. 55 cent.

33 — **Chantilly**. Volant en dentelle noire. — Haut., 40 cent.; long., 4 m. 20 cent.

34 — **Chantilly**. Volant en dentelle noire. — Haut., 50 cent.; long., 3 m. 95 cent.

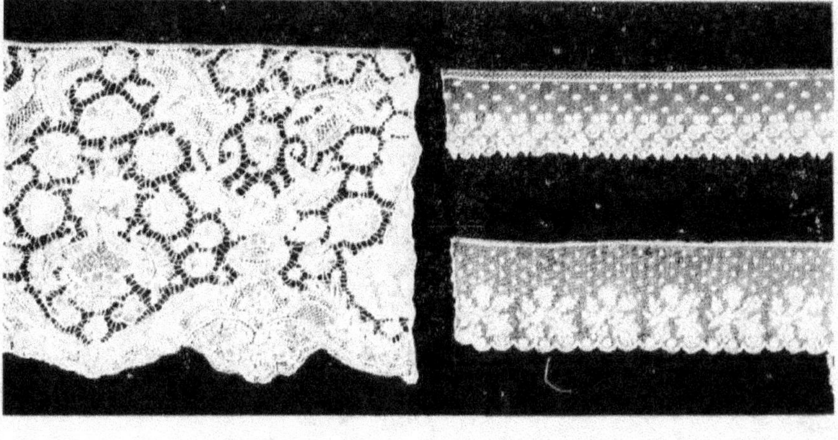

46

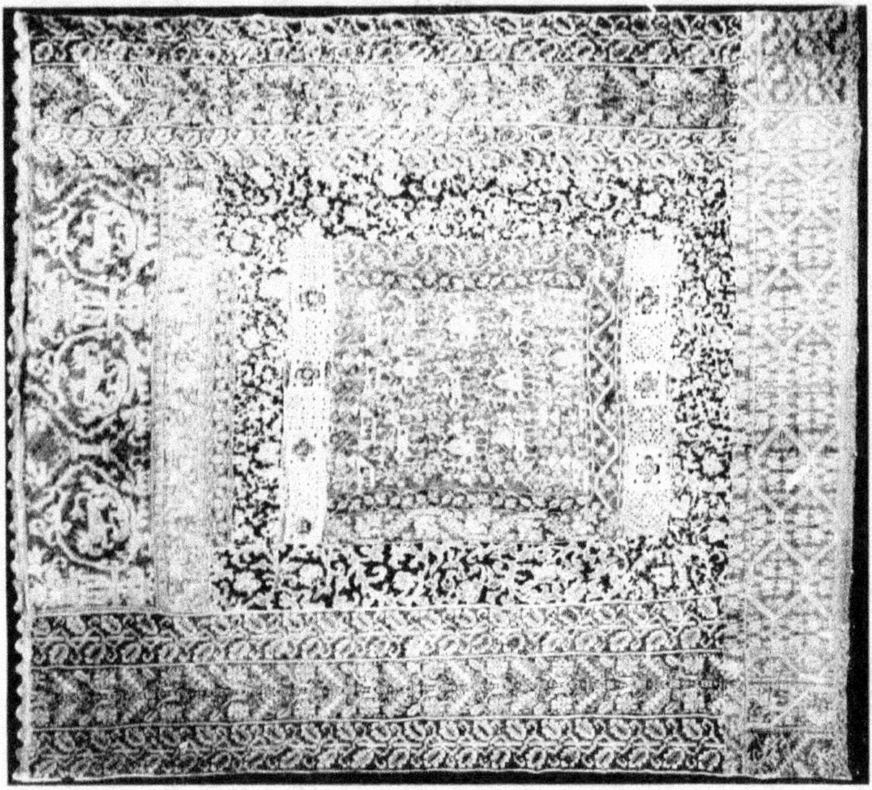

44

51

35 — Napperon en ancien filet et toile. — 80 cent. sur 80 cent.

36 — Napperon en ancien filet et carrés de toile. — 1 m. 05 cent. sur 1 mètre.

57 — Napperon en ancien filet. — 95 cent. sur 85 cent.

38 — Napperon en ancien filet. — 1 m. 40 cent. sur 1 m. 05 cent.

39 — Napperon en ancien filet carrés de Venise et toile brodée de fleurs de lys. — 1 mètre sur 1 mètre.

40 — Nappe en ancien filet de Venise, entourée de vieux Milan (environ 6 mètres). Époque Louis XIV. — 1 m. 30 cent. sur 90 cent.

41 — Dessus de lit en ancien filet avec bandes de toile. — 2 m. 65 cent. sur 2 m. 25 cent.

42 — Grand store en ancien filet et carrés de toile. — 2 m. 35 cent. sur 1 m. 75 cent.

43 — **Venise.** Une coupe en ancien Venise plat. — Haut., 8 cent ; larg., 5 cent.

44 — **Alençon.** Deux coupes en ancienne dentelle à dessins de fleurs et palmettes. Ensemble 5 m. 35 cent. — Haut., 7 cent. et 9 cent.

(Voir reproduction.)

45 — **Burano**. Parure, composée de quatre pièces.
— Haut., 15 cent.

(Voir reproduction.)

46 — **Angleterre**. Volant ancien, à dessin de guirlandes reliées par des brides. Époque Louis XIV.
— Haut., 25 cent.; long., 3 m. 30 cent.

(Voir reproduction.)

47 — Très belle Duchesse à dessins de roses, pal-
mettes et rubans.
Deux fonds de bonnets.
Un mouchoir. — 15 cent. sur 15 cent.
Cravate. — Haut., 15 cent.; long., 90 cent.
Deux petits cols. — Haut., 7 et 8 cent.; pour-
tour extérieur, 55 cent.
Deux grands cols. — Haut., 11 cent.; pour-
tour extérieur, 90 cent.

48 — **Venise**. Bande en ancienne guipure à reliefs.
— Haut., 20 cent.; long., 80 cent.

49 — Col en guipure de Venise brodée à reliefs,
garni d'ancien Milan. Époque Louis XIV. —
Tour extérieur, 1 mètre.

(Voir reproduction.)

50 — Grand col en guipure de Venise brodée à
reliefs. Belle pièce en parfait état. Époque
Louis XIV. — Tour extérieur, 1 m. 50 cent.

(Voir reproduction.)

51 — Dessus de lit en ancien filet et carrés brodés de Venise; le milieu, formé d'une pièce à personnages, est entouré de trois bandes en guipure de Venise et d'une bande en guipure de Milan; dans le haut, une bande ornée de trois dragons, surmontée d'une bordure en Milan. Époque Louis XIV. — 2 m. 25 cent. sur 2 mètres.

(Voir reproduction.)

52 — Fichu Marie-Antoinette, brodé, garni de Valenciennes.

53 — Fichu dentelle de Buckingham ; garniture de Malines.

54 — Huit très beaux mouchoirs en batiste brodée de fleurs et ornements ajourés, garniture de Valenciennes. (Ce lot sera divisé.)

55 — Petite ombrelle ancienne, manche d'ivoire, recouverte de dentelle de Chantilly.

ARMES

56 — Couteau de chasse, poignée en corne, garde
et quillons en argent, lame gravée. Époque
Louis XIV.

(Voir reproduction.)

57 — Deux poignards japonais ; fourreaux en laque,
garde en fer repercé.

58 — Poignard oriental, lame damasquinée d'or ;
fourreau en velours bleu garni de fer damas-
quiné d'argent. XVIIIe siècle.

(Voir reproduction.)

59 — Paire de pistolets d'arçon, ornements d'argent incrustés ; canons ciselés et gravés, ornés
d'une fleur de lys, par *Louis Lamotte, à Saint-
Étienne.* Époque Louis XIV.

(Voir reproduction.)

60 — Scie de troupe, poignée en bronze figurant une
tête de coq. XIXe siècle.
— Sabre. XIXe siècle.

61 — Épée à poignée en bronze ciselé et doré, aigle
et attributs, fusée nacrée, lame triangulaire.
XIXe siècle.

62 — Épée à poignée de bronze ciselé et doré, tête
de coq et attributs, fusée nacrée, lame plate à
ornements gravés. XIXe siècle.

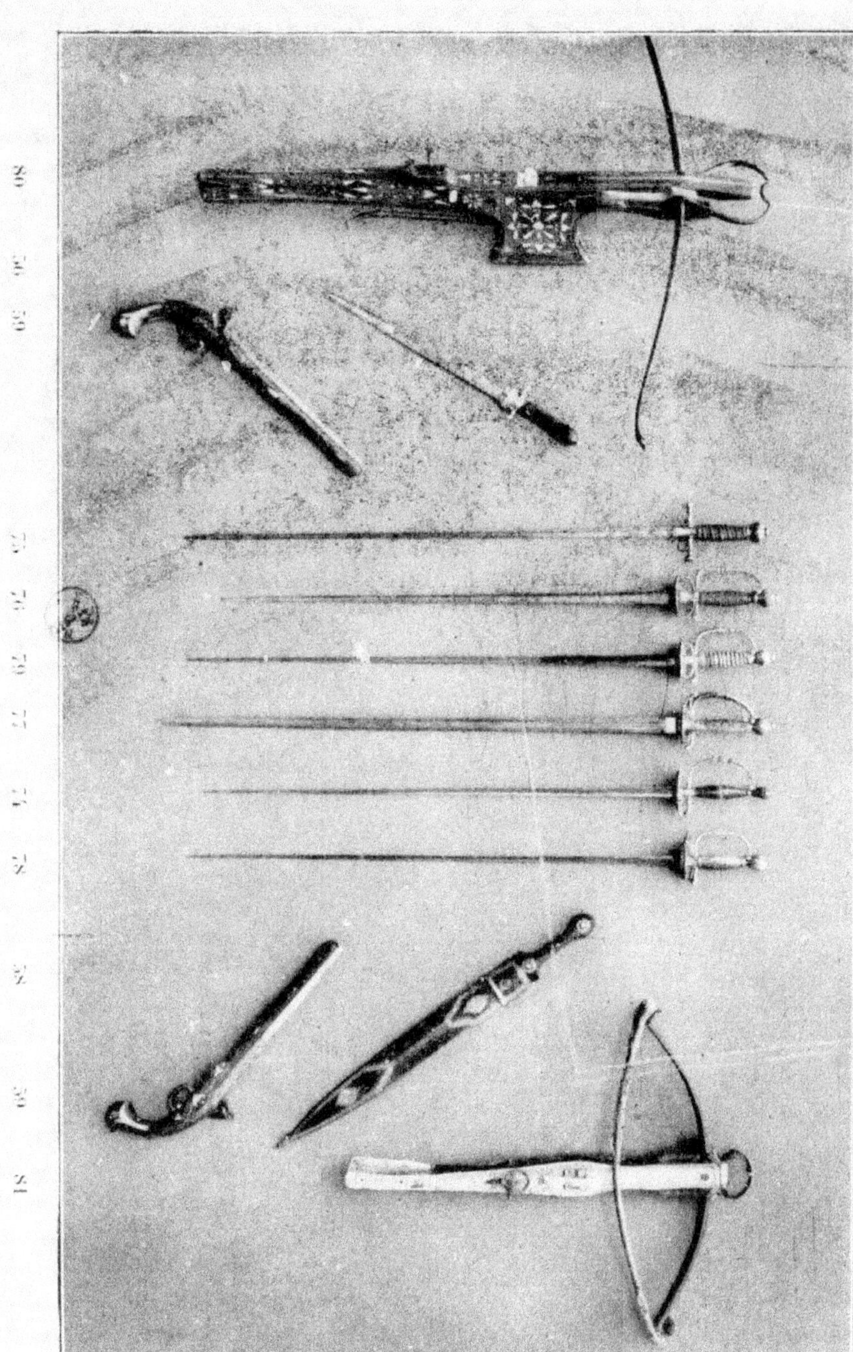

63 — Épée à poignée en bronze argenté, fusée en corne noire, lame triangulaire. xix⁰ siècle.

64 — Épée à poignée en bronze ciselé et gravé, fusée en laiton, lame à double tranchant. Époque Louis XIV.

65 — Épée à poignée en acier poli, fusée en laiton, lame triangulaire. Époque Louis XIV.

66 — Épée à poignée en fer repercé et ciselé, lame triangulaire gravée. Époque Louis XIV.

67 — Épée à poignée en acier ajouré et poli, lame triangulaire gravée. Époque Louis XIV.

68 — Épée à poignée en fer repercé à jours et ciselé, lame triangulaire gravée. Époque Louis XIV.

69 — Épée à poignée en fer ciselé et ajouré, fusée laitonnée, lame à double tranchant. Époque Louis XIV.

70 — Épée à poignée d'acier à facettes et perlé, coquille en fer, lame de fleuret. Portant la marque : A.+. *Solingen*.

71 — Claymore à poignée couverte en fer découpé, lame portant une armoirie gravée et les lettres : *I. S. R.*

72 — Épée, à poignée d'acier poli, fusée et pommeau à facettes, lame triangulaire à gravures d'or sur bleui. Époque Louis XIV.

73 — Épée à poignée en fer poli, lame à double tranchant gravée de dessins dorés sur bleui. Époque Louis XIV.

74 — Épée de cour à poignée en acier clouté et poli, lame triangulaire. Époque Louis XVI.

(*Voir reproduction.*)

75 — Épée de chevet à pomme et quillons en fer forgé et ciselé, lame à double tranchant. Fin du XVIe siècle.

(*Voir reproduction.*)

76 — Épée à poignée en fer ciselé repercé à jours ; lame à double tranchant et ornements gravés portant l'inscription : *Peine inutile*. Époque Louis XIV.

(*Voir reproduction.*)

77 — Épée à poignée en argent ciselé, belle lame à double tranchant, gravée sur les deux faces avec inscription : *Francisco Ruytz*. Époque Louis XIV.

(*Voir reproduction.*)

78 — Épée à poignée en argent, lame triangulaire à ornements gravés dorés. La coquille porte le poinçon : *F. W*. Époque Louis XIV.

(*Voir reproduction.*)

79 — Épée de cour à poignée d'argent, ciselée et
repercée à jours, lame triangulaire gravée d'ornements dorés et portant l'inscription : *Piget,
M⁴ fourbisseur, rue Croix-des-Petits-Champs,
etc., etc.*
(*Voir reproduction.*)

80 — Arquebuse à rouet, incrustations d'os et
d'ivoire gravés et ornements stylisés. Suisse,
xvi° siècle.
(*Voir reproduction.*)

81 — Arquebuse à rouet, incrustée de motifs en os
et ivoire gravés, à sujets de personnage et ani-
maux chimériques. Suisse, xvi° siècle.
(*Voir reproduction.*)

82 — Arquebuse à rouet, ornements de fer forgé.
Suisse, fin du xv° siècle.

SIÈGES, MEUBLES

83 — Fauteuil à dossier raquette. Époque Louis XVI.

84 — Trois fauteuils en bois sculpté au naturel.
Époque Louis XVI.

85 — Chaise en bois peint, dossier à quadrillage
découpé. Époque Louis XVI.

86 — Chaise longue-couvre-baignoire en bois sculpté,
foncée de canne. Époque Régence.

87 — Deux fauteuils-bergère en acajou, d'Époque Empire, recouverts de panne bleue ; au-dessous figure l'inscription : *Chambre de Mgr le Duc de Bourbon, provenant du château de Neuilly*.

88 — Quatre grands fauteuils en bois doré, monture à châssis, garnis de tapisseries à dessins et de fleurs sur fond paille. Époque Louis XV.

89 — Deux chaises en noyer à pieds tournés, siège et dossier cannés. Fin du xvııe siècle.

90 — Deux paires de grands flambeaux en bois sculpté doré, à motifs d'oves, perles feuilles d'acanthe, etc. Époque Louis XIV. — Haut., 80 cent. (Seront divisées.)

91 — Console Régence en bois sculpté doré ; dessus de marbre. — Larg., 90 cent.

92 — Table en chêne, pieds à croisillons, recouverte d'une tapisserie au point. Époque Louis XIV. — Larg., 1 mètre ; profond., 65 cent.

93 — Console en bois sculpté, repeinte sur dorure ; dessus de marbre. En partie d'Époque Louis XV.

94 — Glace-psyché en acajou, montée sur pieds tournés.

95 — Table-toilette avec glace et tiroir formant bureau, acajou. Époque Restauration.

96 — Table de bouillotte en acajou, cerclée d'un jonc en cuivre. Époque Louis XVI.

97 — Grande toilette à trois portes en bois sculpté ; dessus de marbre à deux cuvettes.

98 — Secrétaire en acajou, à abattant ; dessus de marbre. Époque Restauration.

99 — Commode en bois fruitier, à trois tiroirs, de forme galbée ; poignées et entrées de serrures en bronze. Fin de l'époque Louis XV.

ÉTOFFES, TAPIS

TAPISSERIES

100 — Chasuble en damas vert. XVIIᵉ siècle.

101 — Panneau de satin et soie brochée, à fleurs et motifs tissés de métal, sur fond cerise. Venise, XVIIe siècle.

102 — Lambrequin en velours cerise sur fond de satin crème. Italie, XVIIᵉ siècle.

103 — Couverture en toile de lin, à motifs brodés en satin jaune paille. XVIIe siècle. — 1 m. 80 cent. sur 2 m. 50 cent.

104 — Panneau formé d'une grande armoirie brodée, surmontée d'une couronne ; fond rouge, entourage à fond jaune. Espagne, XVIIe siècle. — Haut., 1 m. 70 cent.; larg., 1 m. 90 cent.

105 — Tapis de table orné de broderies d'argent sur fond de drap marron. Travail oriental.

106 — Tenture orientale brodée de dessins et inscriptions coufiques sur fond brun, milieu à dessins de velours grenat sur fond crème. — 3 m. 10 cent. sur 1 m. 70 cent.

107 — Petit tapis d'Aubusson, d'époque Empire.

108 — Tapis de la Savonnerie, à fond crème ; au centre, une lyre dans un médaillon fleuri ; encadrement à feuilles de laurier sur fond rouge. Époque Empire. — Haut., 3 m. 20 cent.; larg., 2 m. 50 cent.

109 — Fragment de tapisserie-verdure, d'époque Louis XIV. — Haut. environ, 2 m. 50 cent.; larg. environ, 70 cent.

110 — Tapisserie-verdure, à paysage animé ; bordures fleuries, sur deux côtés. Époque Louis XV. — Haut., 2 m. 30 cent.; larg., 2 m. 50 cent.

graphicom
3788/D

RED.:

20

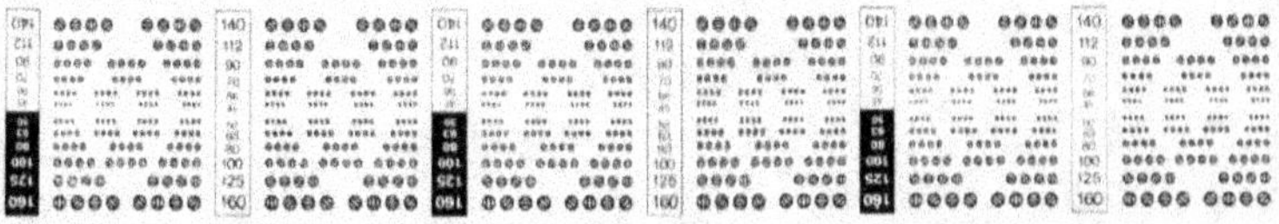

0 1 2 3 4 5 6 7 8 9 10

MIRE ISO N° 1
NF Z 43-007
AFNOR
Cedex 7 - 92080 PARIS-LA-DEFENSE

BIBLIOTHEQUE NATIONALE DE FRANCE

****

CHATEAU DE SABLE

1996